그날 그 꽃

운문일기 3

서정시학

머리말

인생은 흘러가 버린다네, 로렌조, 시냇물처럼;
항상 변하는데, 변화를 느끼지 못하고
아무도 같은 냇물에 두 번 몸 씻지 못한다네

에드워드 영(1683-1765)
『밤의 상념[夜想]』, 제5야夜 중에서

차 례

머리말 ∣ 3

그날 그 꽃

운문일기 3

그날 그 꽃

피고 지는 꽃 말고
늘 피어있는 꽃을
보러 가자
그날
처음 보고
내 가슴속에 들어온 꽃
꽃바람 불어도
결코
떨어지지 않을
심안心眼에 피는
그날 그 꽃

2022. 3. 14.
— 화이트데이에 온 한 송이 분홍 수국을 보고

잠 못 드는 밤

잠 못 드는 밤
밤의 상념을 담은
언어들이 모인다

어둠에 싸인
침상에 누워
꼬리를 무는 상념의 언어들을
머릿속 기억장치에 저장한다

다시 꺼내
말을 다듬기 힘들다

날이 밝으면
컴퓨터를 켜고
기억을 옮겨 적으리

2022. 4. 3.

저세상

날 좋아했던 이모가
가장 먼저
이 세상을 떠났고

그다음
날 사랑했던
아버지가 떠났다

나보다 훨씬 오랫동안
이 세상에 머물며
꿈을 펼치리라 믿었던
내가 사랑한 어린아이가
슬픔의 검은 장막
너머로 갔고

우주의 전부인 양
나를 떠받쳐주었던
어머니가
그 뒤를 이어
돌아올 수 없는 길을 떠났다

모두 깊이 잠들어
부활의 그 날을
기다리고 있을까

이 세상
경계선 밖으로
한 발 내딛는 순간
그곳은 정말
암흑의 낭떠러지일까?

알려고 하지 말까
이 세상도 다 모르고 살았는데

2022. 4. 3.

차가 있는 오후 음악회

4월의 오후, 외무장관 공관
젊은 음악인들이 꾸미는
현과 건반과 노래로
주한외교단을 위한
차가 있는 오후의 음악회

남편과 내가 특별 손님으로
초대되었다

기지와 익살 넘치는
"세비야의 이발사"
굵고 넓은 저음
바리톤 음역에 매료되어
가슴 차오르는데

사랑의 전령
그 바리톤 가수에게
꽃다발을 전하는 행운이
내게로 왔다

언제였을까
설레는 마음으로
사랑의 확신을 이끌어
마음을 흔든 사람을 만났을 때가

환희의 봄날이
초대석에 앉은 우리 곁을
스치고 지나갔다

2022. 4. 19.

마지막 장미
― 클라라 주미 강의 바이올린 연주를 듣고

"한 떨기 장미꽃이
여기저기 피었네."

바이올린 선율을 타고
장미가 떨어지네

꽃잎이 떨어지는 시간
깊어진 여름은 기울고

바람 따라 꽃잎이
묘지 위로 날아가네

2022. 4. 22.

모차르트 초콜릿

지난밤 모차르트 홀에서 열린
신수정 피아니스트의
'70년 이야기가 있는 음악회'

'터키 행진곡'으로 시작해서
오래된 현과 건반의 전설들
정경화, 이경숙과 함께 들려주는
모차르트 음악이
가슴에 스며들고
어린 소녀의 앙코르 연주는
순간을 미래로 끌고 가고

들렸다 말았다 하는
약한 마이크에도
들리는 이야기만으로도
재미있고 즐거운 시간을 뒤로하고

홀을 나서는 인파 속에서
사랑하는 친구가 손안에 건넨

금박지 포장의 초콜릿 한 알
금발의 모차르트 초상화가
빛나고 있다

감미로운 밤의 기억이
날아갈까 두려워
초콜릿 껍질을 차마
벗기지 못한다

2022. 4. 30.

기다리는 시간

때로는 기다리는 시간이
실현된 시간보다
더 좋을 때가 있다

무지개 같은
상상을 펼칠 수 있는
기다림의 시간

상상대로 이루어지지 않아도
비슷한 현실이 다가오는
기적 같은 때가 있다

그때를 기억하며
지치지 않고 기다리는
훈련을 계속한다

2022. 5. 20.

어떤 생일

카카오톡 동영상 속에
팔순 노모와 중년의 아들이
나란히 누워
생일 축가를 부른다

아들을 가끔 어떤 청년으로 생각하는
젊은 날 피아니스트였던 노모가
아들과 함께 노래한다,
"해피 버스데이 투 유"
"해피 버스데이 디어 숙이~~"
다음 대목에서
그녀의 음성에 눈물 섞인다

오늘은
살짝 치매가 온
노모의 생일

23초에 영상이 멈춘다

울음이 막 터지기 전
절묘한 순간이다

2022. 5. 28.

양들도 싸운다

'송이'와 '버드'가
마주 서서 서로를 노려본다
한참 뒷걸음질 치다가
전속력으로 돌진
머리와 머리가 강하게 충돌한다

양들의 서열 싸움
힘겨루기에서 진 '송이' 무리가
순순히 '버드'를 따라간다

하늘도 들판도 푸르고
풀을 뜯는 양 떼들
더없이 평화로운 풍경인데

권력을 두고
양들이 싸우다니
세상엔 모를 일 천지다

2022. 5. 29.

예배당

어머니는
교회를 예배당이라 불렀다

어머니를 따라
주일예배에 갔던
어릴 적 기억이 아련하다

미국인 빌리 그레이엄 목사가
한국에 왔을 때도 내 손을 끌고
집회에 갔었다

엄청난 인파가 모여든 광장
어린 나는 그때
세상에서 가장 큰 예배당을 보았다

그러다 언제부터인가
어머니는 예배당에 가지 않았다
집안일만 하다가
넘어져 다리를 다친 후로
집 밖을 나가지 않았다

오랜 세월 의자에 앉아서
창밖을 보다가 졸기도 했지만
기도하는 것만은 멈추지 않았다

그렇게 집은
어머니에게 마지막
예배당이 되었다

2022. 5. 31.

내가 아파요

"내가 아파요."
차마 보내지 못한 문자

스스로에게 쓰는 답신
"잘 견디세요."

2022. 6. 1.

작별

해넘이를 본 적이 있다
고속도로를 달리는 차 창 밖

굽이굽이 병풍처럼 서 있는 서편
산등성이 너머로 기우는 해가

같은 방향으로 나란히 속도를 맞춰
따라오고 따라가는 어스름 저녁의 동행

라디오에서 흐르는 음악에 젖어 드는 찰라
서산 너머로 해가
뚝, 떨어졌다

음악은 멎고
검붉은 정적
가슴속에 북소리 붉게 울렸다

무정하다
작별 인사도 없이

2022. 6. 24.

절정의 순간들

64년 전 반 클라이번이 연주했고
그의 이름을 딴 콩쿠르에서
18세 임윤찬이 우승 한
라흐마니노프의 피아노 협주곡 3번
마지막 연주 장면이
유튜브에 올라 있다

지휘자와 연주자가
막바지에 도달한 순간
피아니스트는
숨 가쁘게 달려온 절정을 넘어
만인의 연인이 된다

"외로운 때 음악이 꽃 핀다"는
임윤찬은
다 치지 못할 좋은 곡들이
너무 많아서
어떤 곡을 선택할까
늘 고심한다는데

그의 라흐마니노프를 듣는다
날마다 귀 기울여 들어도
더 듣고 싶고 다시 듣게 되는
마력의 피아노 선율

가슴 깊은 곳을 울리는
소리의 근원은
연주자의 힘일까
음악의 힘일까

2022. 6. 30.

표현할 수 없는 것

생각할 수 없는 것을
생각해 내는 것
두뇌 속 막힌 어느 곳을
마침내 뚫어내는 것
그러나 끝내 언어로
표현할 수 없는

가슴 깊은 곳을 치는
예리한 타격,
그 기쁨과 고통을
기록하려 한다

2022. 7. 8.

가까이에

꽃과 아이와 별이 있는 곳은
천국에 가깝다는데

사무실 책상 맞은편 벽에
장미와 아이와 별들 가득한
밤하늘이 있다
마음이 '푸른' 소년이
그려 보낸 선물

아이와 꽃과 별들을
날마다 가슴에 품으면
그곳 가까이에
머무는 것일까

2022. 8. 1.

루아나에 가면

머리 정수리가 하얗게 보이면
미용실 루아나에 가야 할 때다

머리칼은 한 달이면
일 센티미터쯤 자라며
두피 밑에선 흰색을 밀어 올린다

루아나의 헤어 디자이너는
지극히 부드러운 손을 가진 이
오랜 세월 내 머리를 채색해 준 이
갈색에 신비로운 보라색을 섞어
내 마음을 어루만져 주는 기술을 가진 이

그 사람을 보면
시간을 거슬러 올라간다

몇 년 뒤로 돌아가서
다시 앞으로 가는 상상을 한다
루아나에 가면

2022. 8. 16.

보지 못할 미래

50년 전 20대 청년 시절
제이는 힘든 선택을 감행했다

냉전체제와 반공사상의 중심
서울에 북한·통일문제를 연구하는
극동문제연구소를 열었다
무수한 우려의 목소리를 감내해야 했다

극동문제연구소 50주년
북한대학원대학교 개교 33주년 기념
국제학술회의가 열리는 오늘
주변 4대 강국의 전 대사들,
해외와 국내 전문가들이 패널이 된
영상토론과 기념식이 진행된다

50년 미래를 위해 다짐하는 순간,
한반도의 평화·통일은
'과정과 운동'이라는 이 소장,
다시"도약"을 강조하는
제이,

우려는 사라지고
청중이 보내는 박수갈채로 가득하다

우리는 보지 못할 그러나
우리의 후손이 볼 미래를 위해
흔들림 없이 걸어온 반세기

다시 한없는 노력을 다짐하는 시간
마음은 알 수 없는 심연 깊은 곳에서
무한정 올라가도 좋으리

2022. 8. 18.

태풍의 소멸

태평양에서 발달한 슈퍼 태풍이
한반도를 강타할 거라고
9월 가을을 위협했다

이름도 괴이한 힌남노,
장미, 마리아, 링링 같은
지나간 바람 이름도 아니고

따뜻한 바다 표면에서
수증기로 올라 구름 되어
엄청난 비를 쏟는 회전 광풍

닥치는 대로 파괴하며
인간의 마을에
고통과 슬픔만 남기고 지나간다

그런 태풍도 역할이 있다는데
적도에서 고위도 지역으로
에너지 평형을 이룬다고

태풍이 할퀴고 지나간
상처투성이 대지 위에서
바라보는 하늘이 유난히 파랗다

아, 가을은 이렇게 오는가

2022. 9. 6.

여왕의 자취

엘리자베스 2세가 떠났다
96년 생애,
70년 왕관을 내려놓고

"여왕 없는 세상을 살아본
사람은 드물 것 같다"는
영국방송이 흘러가고

새로운 국왕 찰스 3세는
"어머니 여왕의 헌신을 따라"
국가에 충성하겠다고 선언한다

템스강 변의 조문 행렬
밤샘 줄서기를 한 시민은
세상은 급변했지만 여왕은
한결같았다고 회상한다

코로나 사태 이후
전 세계 지도자들이 집결하고

열흘이 넘게 TV로 중계하는
'세기의 장례식'

군주제를 반대하는 사람들도
여왕을 좋아했다고
벌써 그리움이 움트는 장례 기간
영국 하늘에 뜬 구름에서
여왕의 형상을 본다
빅벤은 여왕의 나이만큼
96차례 종을 울리고
스코틀랜드 백파이프가
여왕이 원했던 대로
마지막 길에 '안녕'을 고한다

70년 왕관과 영영 이별하기
이틀 전까지 업무를 본 여왕

정신과 육체를 스스로 지켜서
주어진 임무를 다한 그녀의 삶은

'의무'를 생각하는
세상 모든 사람들의 기억에
본보기로 길이 남으리

2022. 9. 19.

자비명상

오래전 거리에서
마가 스님과 '밥 퍼' 목사님과 함께
노숙자들에게 점심을 주는
봉사를 했다

그 후로 오랫동안
매일 아침 카카오톡으로
마가 스님의 '자비명상'이 온다

오늘의 명상은
"지금이 모여 영원으로"
끝없이 이어지는 영원이라는 것도
'지금'과 '여기'가 모여 이루어진다는
일깨움

그 영원에 닿고 싶은 아침이다

2022. 10. 1.

통증

예고 없이 찾아오는 요통 때문에
고통을 견디는 날들이 자꾸 늘어난다

점점 심해지는 크레셴도
찬찬히 가라앉는 데크레셴도
통증이 반복된다

고통이 오래 머무는 동안은
자유를 갈망하는데
아픔과 인고의 시간이 지나면
돌연 감각을 의식하게 된다

극심한 통증의 동굴을 빠져나올 때면
감각의 마비 없이 시험을 통과하고
자유를 이룬 것 같은 기쁨이 온다

2022. 10. 4.

가을 꽃밭

그들이 오는 날이다
청명하게 파란
가을 하늘을 이고

꽃이 질까, 마음 졸이며
기다린 날들

키 큰 족두리 꽃들이
보라색 울타리 친 꽃밭
키 낮은 오색 꽃들이
올려다보며 환히 웃는다

잔디 위에서
세 자매처럼 붙어 서서
찰칵!
각자 꽃과 마주 서서
찰칵찰칵!
잇달아 '인생 사진'을 찍는데

영, 채, 경,
젊은 웃음소리
가을 꽃밭 가득
음악으로 흐른다

2022. 10. 25.

언어의 미학

생이란 사람이 사람을 만나
흐르는 냇물 같은 것

때로는 고통으로
때로는 즐거움으로
흐르고 흐르는
시간의 순간 같은 것

그 허무를 이기는
한마디 말

사랑해

2022. 11. 6.

먼지

루아나에서
어린 잿빛 고양이를
만났다

가녀린 발로
내 신발 위를
톡톡 건드린다

날 경계하지 않네
좋아라
얘 이름이 뭐지?
'먼지'란다

주차장 난간에서
데려가라 울어대서
원장이 안아왔다는
비단결처럼
털이 고운 먼지

그새 곤히 잠들었다가
내가 떠난다니
인사하라고 원장이
깨워 왔다

계산대에서
폭신한 헝겊 위로
사뿐 내려앉는다
졸음에 겨운 눈
먼지의 보드라운 머리를
손가락 하나로
쓰다듬는다
내 손의 무게를
견디지 못할까 봐

잘 자, 먼지야
또 보자

갈색 눈 부드러운 잿빛 털
먼지가 끌어당기는
어리고 여린
생명의 마력

오늘 세상에서 제일 예쁜
먼지를 보았다

2022. 11. 28.

MOU

하와이에 왔다

KU와 HPU* 사이에
맺은 약정을 연장하는
양해각서 교환을 위한 방문이다
간호학과, 관광학과 학생들이
이 섬에서 받던 연수가
코로나 때문에 잠시 중단된 것을
다시 시작하려 한다

택시로 시간과 장소를
점검하고
다음 날 아침에
교회 첨탑 같은
알로하 타워 곁에 있는
대학에 도착했다

바다를 향해
높지 않은 파란 집들이
줄 서 있는 항구 마을 같은 곳

---

* KU: 경남대학교, HPU: 하와이 퍼시픽대학교(Hawaii Pacific University).

마니 학장과 바바라, 카린 교수가
접견실 밖에서 환한 웃음으로
제이와 나를
반갑게 맞이했다

약정서 교환식이 진행된
해변 교정
바다가 보이는 교실에서

제이가 심혈을 기울여
우리 대학 역사를 설명하고
마니, 바바라, 카린이 환한 얼굴로
설레는 미래 구상을 펼쳤다

카린이 휴대전화 카메라 셔터를 누를 때
"사진은 역사예요."
내가 말하자
모두 소리 내어 유쾌하게 웃었다

2022. 12. 14.

섬에서

이 섬의 저녁노을이
무척 아름답다는데
꼭 보고 떠나고 싶어
바닷가를 거닐었다

아주 오래전
해 질 무렵부터 밤이 깃들 때까지
해변 풍경을 바라본 기억이
아직 남아있지만

그때는 몰랐다
지는 것의 아름다움을
노을이 품었다가 들려주는 것을

2022. 12. 21.

기억의 회로

오래전 기억은 선명하고
최근 일들이 희미해지는 건
치매의 증상일 수도 있다는데

며칠 전 읽은
철학자의 이름이
생각나지 않아
밤 깊도록 잠들지 못하고

사상의 자유를 위해
직위를 마다하고
홀로 유리 작업을 하다가
건강을 잃고 세상을
일찍 떠난 사람의
이름이 좀처럼 떠오르지 않아
안타까이 애를 쓰다가

"스피노자!"
마침내 기억해냈다

그 이름을
다시 잊지 않을 방법을 궁리하다가
기억의 회로가 막히지 않도록
관계어를 만들어 놓기로 했다

"슬피 우는 노자"
뜻 없는 말이지만
다시 기억을 놓치지 않는
방편이 될 수 있기를

2022. 12. 28.

독백

죽음은
악마일까?
아니면
단순히
존재의 끝일까?

나의 생명은
오만가지 생각을
다 할 수 있는데
생각의 끝은
늘 두렵다

피하자
음악이 비처럼 내려
나를
흠뻑 적시도록

가다 처마 밑에서

잠시 멈추었다가
비 그치면 다시 가야지

2023. 1. 22.

우정의 노래

제12대 경남대 총장 취임식 날
순서도 내용도 모른 채
식장 안으로 입장한
제이는
청중의 박수갈채를 받았다

외부 인사 초청 없이
교수, 학생, 동문이 참석하고
학생과 직원 대표가
사회를 맡은
조금은 색다른 총장 취임식

대학과 총장의 역사―
"위대한 동행"을 상영했다

반세기가 넘는 생애를
대학에 바친
제이는 취임사에서
1946년 개교이래

77년 동안
변화와 창조로
지역을 넘어
세계와 교류하는
명문사학으로
성장해왔다고 자부했다

대학의 고객인
학생을 친구처럼
교직원이 함께하고
지역이 사랑하는 대학으로
개교 100년을 향한
도약을 시작하자고 했다

축하 메시지는
영상으로
유명인부터
미화원과 경비원까지
저마다 다채롭게 한마디씩

교수와 직원, 학생 중창단이
부르는 축가는
식장을 강타한 울림
무대를 압도했다

"우정을 위하여"
"사랑을 위하여"
"미래를 위하여"
"소리 높이 외쳐라
하늘이 떠나가게"

2023. 2. 8.

바람 부는 날

매섭게 부는 봄바람은
산책을 어렵게 한다

얼굴 위로
날리는 머리칼 때문에
고개 숙이고
옷깃을 여며도
스미는 냉기

말 바위 근처
쉼터까지는
꽤 많은 계단이 있는데
그곳까지
바람을 뚫고
올라가야 한다

내가 휘청거리면
내 가슴에 들어온 꽃도
흔들리겠지

바람 부는 날엔
바람을 견뎌야 한다

2023. 3. 13.

천장에 매달린 말

리움 미술관
높은 천장에 매달린
한 마리 말

끌어올리는 줄과 중력 사이에서
다리만 길게 늘어진
생명 없는 말을 보며

자꾸만 뇌리에
하늘 높이 솟아오르는
날개 달린 말
페가수스가 스쳐 지나간다

작가가 무엇을 의도했건
날지도 달리지도 못하는
천장에 걸린 말을
올려다보기
몹시 불편하다

2023. 4. 10.

황금 마차

찰스 3세의 영국 왕 대관식
"모든 신앙과 믿음에 축복"을
새로운 왕은 무릎 꿇고 기도했다

다양한 인종과 종교를
존중하고, 여성 사제가
처음 참석했고, 흑인 여성이
국왕의 비둘기 홀을 흔들었다

커밀라 왕비의 전남편과
둘 사이의 손주들도 참석해 축하하는
색다른 장면도 보이고

오랫동안 비난을 받던
왕비가 왕과 함께
황금 마차 속으로 들어갔다

비 내리는 런던 거리
마차 행렬은

포용의 시대정신을 품고
인파 속으로
천천히 움직였다

2023. 5. 8.

친교의 시간

바람 잔잔한 오월의 오후
장미원에 햇빛 가득하다

한일협력위원회 위원들과
북한대학원대학교와
극동문제연구소 교수들이
무리 지어 꽃밭에서
기념촬영을 한다

한·일 셔틀 외교 복원과
이웃 근린외교를 강조한
후쿠다 야스오 전 일본 총리에게
경남대가 명예정치학박사학위를
수여하는 날이다

딘 교수가 영어로 학위증을 읽고
제이가 수여했다

동아시아의 평화와 번영을 그리고

한·일 관계 개선에 기여한 공적을
높이 평가했다

두 나라를 위해 노정객은 황혼을
아름답게 물들일 거라 믿는다는
이대순 이사장이 축사에 이어
"여생을 한·일 관계를 고민하고
개선을 위해 노력하겠다"는 답사로
후쿠다가 화답했다

극동문제연구소와 게이오대가 주최한
동경 국제회의에서
한·일 관계의 중요성에 대해
기조연설을 하던 후쿠다가 떠올랐다

언론은 신속하게 오늘의 뉴스를
온·오프라인으로 동시에 보도했다

차와 다과를 나누는 시간

가깝지만 먼 이웃들이
잠시 과거를 뒤로하고
장미원에서 오늘의 우정을 쌓는다

2023. 5. 26.

기적의 아이들

기적이 사라진 시대
경비행기가 추락한 지 40일 만에
아마존밀림에서 살아 돌아온
네 명의 아이들

13세 레슬리
9세 솔레이니
4세 티엔 그리고
1세 크리스틴

나흘 동안 곁에 있던 엄마가
숨지기 전 남긴 유언은
"정글을 떠나 아빠를 찾아가라."
그래서 아이들이 움직였나 보다

"크리스틴 생일 축하해.
우리가 빨리 찾을게."
할머니의 목소리가 정글 곳곳에
스피커를 타고 울려 퍼지고

마침내, 수색대원들의
에스페란사, 희망의 구조작전이
밀라그로, 기적이 되는
경이로운 삶의 순간들

정글의 생존법을 익히고 자란 맏이가
후이토토족 원주민 형제들을
'전사'처럼 지켰다 한다
'정글의 아이들'은
'콜롬비아의 아이콘'이 되었다

근래에 접한 소식 중 가장 흐뭇한
'지구촌의 기쁨'이다

2023. 6. 13.

소식

뜨거운 여름날
나는 기다린다
4만 5천 년 전
지상의 '사랑 이야기'를
웹 소설로 엮어서
한 조각씩 나에게
온라인으로 보내오는
그의 소식을

소식이 오지 않는 날은
내 생애에서 아깝게, 아깝게
흘러 사라져버리지만
나는 기다린다
태고의 시간을 건너오는
환상의 소식을

2023. 7. 5.

확진

"검사받으신 분과
어떤 관계인가요?"
의사가 물었다
"남편입니다."
"두 분 모두
코로나에 확진되었습니다."

잠시 후,
5일간 격리를 권고하는
전화 문자가 도착했다

4차 백신까지 맞고
오랫동안 용케 잘 피해왔는데
감염으로 힘 못 쓰는 몸보다
음성을 기대했던 마음이
먼저 상처를 입었다

마음 아파서 더 지루한 날들
방에 갇힌 5일은

길기만 하고
7일째 되는 날에
자가 검사를 했다

음성 쪽으로 선명하게 뜨는
붉은 선은
이제 그만 잊으라고
상한 마음을 달랜다

2023. 7. 27.

수업

매주 목요일 오후 2시
런던 시각 오전 6시에
친구가 화상대화
전화를 걸어온다

이른 아침인데 그는
늘 단장한 모습으로
사무실 컴퓨터에
성경을 켜놓고 기다리는
나를 마주한다

평생을 성경연구에 바친
그는 선생이 되어
학생이 된 나와
30분간 수업을 한다

그날의 주제를 설명하고 나선
의례 그는 묻는다
"어때 믿어져?"
"믿고 싶지."

71

의문의 미소를 머금고
잠시 바라보는 그에게 나는
마음속에 담아둔
아직 하지 못한 대답이 있다

네가 좋아서 수업이 좋다고

2023. 8. 10.

에드워드 호퍼 전시회

유학 시절 뉴욕이
자꾸 생각나서
에드워드 호퍼 전시회에 갔다

뉴욕 근교에서 태어나서
평생 뉴욕에 살았던
그가 그린 도시 어디에
내 추억도 숨어있을 것 같아서

사진을 찍는 방이
따로 있었다
액자 걸린 푸른 방 한쪽에
창밖 풍경이 보이고
침대 밑에 벗어놓은
검은색 힐 한 켤레
나신의 여인이 비운 자리

바닥에 깔린 햇빛 위로
그어놓은 포토라인 위에 섰다

호퍼의 내실 공간에
들어선 순간
소리 없이 밀려오는 노스탤지어
가슴에 잔물결이 인다

2023. 8. 17.

눈물

불현듯 눈에 안개 끼면
세상 풍경이 흐려지다가
시간이 지나면 선명해지는
안구건조증

울컥 가슴 메는 때에도
눈물은 지난날처럼 흐르지 않고
슬픔만 가슴에 가득 찬다

달마다 7일에
만나는 친구가 선물로
인공눈물을 가져다준다

유난히 뜨거웠던 여름 내내
폭우 내린 날이 많아서
안구건조증세는 잦아들었는데
친구는 잊지 않고
눈물을 챙겨온다

눈물이 마르면
눈물을 날라다 주는
친구를 생각하니
아, 눈물겨워라

2023. 9. 7.

꿈꾸는 잠

높은 지붕 위에서 날 듯
하강하다가
쿵 착지하며 깨던
어린 날 꿈은
키 크는 거였을 텐데

어른이 되어서도
낙하하고 비상하는
어린 시절 꾸던 꿈이
가끔 아주 가끔 찾아온다

고층 건물 옥상에서
유유히 떨어지다가
가볍게 내려앉는 동작은
그리 어렵지 않게 끝난다

깨어있는 순간에도
날 수 있을 것 같은 기분

어느 날 한순간 잠들어
꿈꾸지 못하는 잠

그 밤 아닌
좋은 아침이다!

2023. 9. 18.

스투키

'화이트데이'를 처음 알려준
소년이 보내온 식물

금박 종이에 싸인
동그란 초콜릿 다섯 알을 달고
녹색 막대 줄기들이
흰 화분 위에 똑바로 서 있었다

"어 스투키네."
사무실 손님이 말해줄 때
그 이름을 처음 알았다

"근데, 저렇게 사탕을 걸고 있으면
식물이 스트레스받아요."
손님 말이 걸리긴 했어도
소년의 초콜릿을 쉬 떼지 못했다

몇 달이 지나 초록 기둥들 사이로
새싹들이 틈틈이 솟아나 있었다

아 어쩌지
오랜 망설임 끝에
어린 생명들을 위해서
초콜릿을 떼어냈다

스투키 꽃말은 '관용'
이해해 주겠지, 애써 마음을 달래며

이제는 작은 희망 하나 품고 있다
백합을 닮았다는 스투키 꽃을
언제 볼 수 있으려나 하는

2023. 10. 18.

저녁 식사

동경 긴자 거리
마쓰야 백화점 8층 식당가
일식집에서 저녁을 먹을 때

옆자리에 홀로 앉은
왜소한 여자 노인 곁으로
소녀 종업원이 다가와
주문을 돕는데
소녀의 음성이 점점 높아졌다

청력을 잃어가고 있는 듯한 노인은
귓전으로 소녀를 끌어당겨
겨우 주문을 마쳤는데

노인은 천천히 홀로
외롭게 식사를 하고
그녀를 바라보며
쓸쓸하고 힘겨운 노년의 삶이
머릿속을 스쳐 지났다

불 밝힌 긴자 거리를 걸어서
숙소로 돌아오는 길
해리 윈스턴 건물 모퉁이에서
오른쪽으로 꺾어야 하는걸
놓치면 안 되는데
내내 노인을 생각한다

"우리에게 일용할 양식을 주시고…"
기도문을 소리 없이 외며

노인이 끼니를 거르지 않고
쓸쓸한 침묵의 시간을 견디고는
곤히 잠자리에 들었다가
또 다른 내일을 맞이하기를
기도하며

오른쪽 골목길로 들어섰다

2023. 10. 26.

빛과 소리

시각과 청각을
가장 뚜렷하게 그리고
놀랍도록 웅대하게
열어주는 사건은 무엇일까?

"빛이 있으라"하는
태초에 신의 첫 음성이리라

젊은 날 만났던
눈먼 사람을 안쓰러워하다
무례한 질문을 한 적이 있다

"안 보인다는 게 어떤 상태인지요?"
"빛이 없는 캄캄한 밤이지요."

날마다 어둠이구나

빛을 잃어 보지 못해도
소리와 촉각이 살아있는 그는

낮과 밤, 빛과 어둠 속을
나보다 능숙하게 찾아다니는구나

그를 생각할 때마다
내 가슴속을 흐르는 교향곡은
빛을 잃은 사람의 소리

2023. 12. 6.

이산가족

겨울비 내리는 아침
진 팀장이 사무실에 들렀는데
그 가을 금강산이 눈에 선하다

2015년 10월 이산가족 상봉을 위해
남측 단장으로 가는 나를 수행했던 그는
지금 이산에 관한 논문을 쓰고 있다

그날 남북 이산가족 상봉장을 돌아보는데
한 중년의 남자가 나를 불러 세웠다

"단장 선생님, 제 이야기를 좀 들어주세요!
어린 저를 먼저 데려오느라
나중에 데려온다고 약속했던 형님을
이제야 만났는데
70년을 기다린 90세 어머니가
형님을 모른답니다.
엊그제까지 기억이 말짱했는데
치매가 왔는지…"

나란히 앉아있는 아들과
평생 아들을 기다린 노모는
얼굴이 판 박은 듯 닮았다

"난 몰라, 난 이 사람 몰라, 몰라"
손에 쥔 과자를 비비며 노모가 되풀이하는 말

얼마 후 소식이 왔다
노모의 기억이 잠시 돌아와
아들을 알아보고,
"이제 집에 가자!" 말하고는
이내 기억을 다시 잃어버렸다고

이 난감한 비극의 사연은
긴 이산의 상징이자 현실일 텐데

다시 만날 기약 없이
가족은 다시 헤어지고
세월은 다시 흘러가고…

그날 북측 단장이
평양에서부터 들고 와
내게 안겨주었던
인조 장미 꽃다발
접견실 긴 탁자 위 화병 속에
생화처럼 붉게 피어있다

"인조 장미라 지지 않는 것이
변치 않는 희망 같기도 해."
"전 정말 그때 생화인 줄 알았어요."

그날 그 꽃을
금강산에서 서울까지
내게 가져다준
진 팀장과 함께 사진을 찍었다
가슴속 깊이 꿈으로 깔릴
장미 앞에서

2023. 12. 15.

해 저무는 날

눈 내리는 날
영화 〈크레센도〉를 보고
음악은 점점 크게 울리는데
눈은 쉼 없이 내리고
눈길 먼 길 걸어서
집으로 오는 길

나의 2023년
한 해가 저물었다

새해엔
푸른 용을
보고 싶다

2023. 12. 31.

멈춘 시계를 차고

내 손목시계가 멈추었다

50년 넘게
낮이나 밤이나
내 손목을 감싸고
함께 호흡했는데

물속에 들어갈 때만 빼곤
시계의 초침과 내 맥박은
내 몸에서 함께 뛰었다

죽은 시계를 왜 차느냐고
누군가 묻기에
나의 일부니까, 라고
대답해 주었다

다시 살리러 가야 한다

만약 시계수리공이
이제 수명이 다해서
못 살린다 하면 어떡하지?
그런 일은 없을 거야

시계로 못 차면
팔찌로라도 차야지
나에게 이별은 없다

2024. 1. 8.

부모님 음성

자신의 음악에 가장 큰 영향은
"부모님 음성"이라 말하는
어느 천재 피아니스트의 말을
듣는 순간

가슴속 깊은 곳으로 철렁
내려오는 목소리

아버지, 날 부르는 소리
어머니, 날 부르는 소리

내 이름을 제일 많이 불러주었을
어머니, 아버지 음성

보일 때 소리 내어 불러주고
보이지 않을 때 더 크게 소리 내어
내 이름을 불러주었을 목소리

나지막한 울림이 더없이 좋은

부모의 음성을
너무 오랫동안
잊고 있었다

이제 다시 들을 수 없는
부모님 날 부르는 소리

2024. 2. 15.

2월의 눈

눈 내린 강남 거리
눈 쌓인 가로수 사이로 달리는
차창 밖 설경이
나를 사로잡는다

무슨 예식을 치르듯 길 따라
줄지어 하얗게 빛나는 나무들
"이 거리가 이렇게 아름다웠던가?"
반문하게 한다

거리 양편 나무들 사이를
분주하게 오가는 차들을
다 지우고 오직 내 차만
길 위에 세우는 상상을 한다

아니 길을 온통 비운다
나무들만 남은 거리
머리에서 가슴으로 내리는
눈

강남에서 삼청동까지
내내 겨울 소나타 흐르고
가슴에서 머리로 울리는 소리
사라지는 눈을 기억하라

2024. 2. 22.

네팔에서 온 소식

지진의 잔해에서 자라는
아이들의 꿈을 위해 건너간
특수요원이 네팔에서 보낸
카톡 사진 한 장

산속 임시 학교 막사 앞
마당
가방을 멘 어린이들이
촘촘히 모여
손을 들어 손가락 두 개로
V자를 그려 보인다

"나마스떼"

아이들 웃음소리 들리는 듯하다

2024. 3. 5.

주말 산책

사무실에 가지 않는 주말엔
집 주변 거리를 산책한다

집을 나서서 걸으면
반 시간 못미처 코엑스몰에 닿는다

지상에서 지하로
에스컬레이터를 타고 내려가면
언제나 사람들로 붐빈다

이젠 어디론가 밀려가고 있는
인파 틈새로 걷는 일이 익숙하다

별 마당 도서관에 이르면
빈틈없이 앉아있는 책 읽는 사람들
책 속에 빠진 그들을 보고 놀란다

파르나스 몰 옷가게를 구경하는 건
소소한 기쁨이자 습관이 되었다

사람 많은 곳을 피하라는
코로나 시절 경고에도
마스크를 쓰고 와서
갑갑한 시간을 그렇게 견뎠다

거리를 지나 복잡한 지하로 가는
산책 경로를 즐기게 된 까닭이다

2024. 3. 18.

4월은

4월은
무너져 내리고
심정은 먹구름 가득하다

내게는 '잔인한 봄'
장대높이뛰기 하듯
훌쩍 건너가고 싶은 날들

아침 9시에 시작하고
오후 3시에 마치던
일정은 흩어지고
질서에서 유지하던
조화도 깨져버렸다

기쁨의 날이 오면
슬픔의 날도 온다는 걸
일찍이 모르진 않았으니

누워버린 시간의 막대들이

하나씩 일어서서 다시
질서가 설 때까지

기다려야 하나 보다

2024. 4. 17.

5월의 동화

휴일 많은 5월
하루쯤 어린이가 되어도 좋을 듯하다

비도 오고 해서
TV 영화 피노키오를 본다

아빠 찾아 바다를 건너가는 피노키오
수영을 잘 하네
나무인형이라 물에 뜨긴 쉬울 테지만

온갖 모험과 시련이 끝나고
거짓말 때문에
코가 길어지는 벌도 면한

목각 인형
피노키오의 소원은
사람이 되는 것

사람은

인형이 되고 싶진 않을 테니
하늘의 무지개를 보며
아버지의 사랑스러운
자손이 되어야 하리

2024. 5. 5.

나이

"조금만, 조금만 더 드세요."
음식을 권하는 젊은 친구들
"난 나이를 너무 많이 먹어
배불러 죽겠어요."
모두가 까르르 웃는다

"배가 부르면 허리가 아프다고
의사가 알려주었죠."

캘리포니아에 간 친구가
레몬과 레몬꽃 사진을 보내왔다
신기하다고
레몬꽃은 처음 본다고,
나도 처음 보는 레몬 꽃

과일만 보다가
꽃을 보는 시간을 놓쳤으리라

희야,

우리가 처음 보는 게 어디 레몬꽃뿐이랴?

이 늦은 나이에

2024. 5. 27.

로마에서 온 커피잔

이름은 이탈리아
작고 어여쁜 에스프레소 잔
로마에서 왔다

머나먼 길을
깨뜨리지 않고 날라다 준
그의 손길이
가슴에 스친다

누군가 자기 삶을
커피 스푼으로 측정했다 하지만
난 나머지 생을
커피잔으로 셈하려 하네

나른한 오후마다
사무실에 진한 커피 향 풍기리

어느 광장 카페에 앉아
오가는 행인을 바라보는

즐거운 상상으로
하루가 저물도록 하리

2024. 6. 28.

그리고 내일

어제는 분명히 있었던 과거
사라져버렸다 해도
내 기억 속엔 존재한다

오늘은 더없이 좋은 의지로
즐거운 계획을
실행하려 한다

시간은 자꾸 앞으로 흘러가고

시간이 정말 흐르는 것일까
내가 정지하지 못하는 것일까

오늘이 어제로 가는 찰라
나는 생각 한다
내겐 아직 오지 않은
내일이 있다

내 기억의 힘을 놓치지 않는 한

오늘 쓰고
내일 또 기억하리

2024. 7. 1.

아름다운 섬의 저녁노을

곽효환(시인, 전 한국문학번역원장)

김선향 시인의 세 번째 시집『그날 그 꽃─운문일기 3』은 아름다운 섬이 저녁노을을 품었다가 들려주는 것들로 가득하다. 시집 머리에 인용한 "아무도 같은 냇물에 두 번 몸 씻지 못한다네"라는 에드워드 영의 시구가 의미하고 있듯이 시냇물처럼 흘러가는 삶과 그 풍경들을 원숙한 시선으로 바라보며 영원과 찰나, 생의 덧없음과 그 속에서 놓치지 말아야 할 소중한 것들에 대한 웅숭깊은 사유를 보여주고 있다.

그가 바라보는 것은

처음 보고
내 가슴속에 들어온 꽃
꽃바람 불어도
결코
떨어지지 않을
심안心眼에 피는
그날 그 꽃

인데 이것은

설레는 마음으로
사랑의 확신을 이끌어
마음을 흔든 사람을 만났을 때

와 같이 잊을 수 없는 것이자 변하지 않는 꽃이다.

평생을 예배당을 찾은 어머니에게 어느 순간 집이 예배당이 되고 다시 그 어머니는 시인의 영원한 예배당이 되었다는 깨달음의 순간, 치매가 온 팔순 노모와 중년의 아들이 함께 생일 축하 노래를 부르는 기쁨과 슬픔이 공존하는 울음이 터지기 직전의 절묘한 순간, 경비행기가 정글에 추락한 지 40일 만에 살아 돌아온 네 명의 아이들을 맞는 기적의 순간, 70년을 기다리다 만난 아들을 정작 기억하지 못하는 90세 어머니의 이산과 회한의 순간들이 바로 '그날 그 꽃'인 것이다.

  50년 넘게 자기 몸과 함께 뛴 그러나 이제 멈춰버린 손목시계를 두고 팔찌로라도 차겠다고 다짐하며 내 생애에 이별은 없다고 말하는 영문학자이기도 한 시인의 정언定言 앞에서 흐르고 멈출 수 없는 것에 대해 그리고 끝내 변하지 않는 것에 대해 오랫동안 생각하게 된다.

김선향

이화여고, 이화여대 영문과, 미국 Fairleigh Dickinson University
대학원 영문학과 졸업. 미국 Averett College 명예문학박사.
이화여대 출강, 경희대학교, 경남대학교 영문학과 교수.
대한적십자사 부총재, 대한적십자사 회장 직무대행.
현 북한대학원대학교 이사장, 대한적십자사(Honors Club) 고문.
시집『운문일기』(2012),『황금장미―운문일기 2』(2021). 저서『깨진
달』(1980),『17세기 형이상학파 5인 시선집』(1996),『John Donne의
연가』(1998),『존 던의 거룩한 시편』(2001),『존 던의 애가』(2005),『존
던의 戀哀聖歌』(2016) 외 다수.
김달진문학상 특별상 수상.(2021)

그날 그 꽃―운문일기 3

2024년 11월 11일 초판 1쇄 발행

지 은 이 · 김선향
펴 낸 이 · 최단아
편집교정 · 정우진
펴 낸 곳 · 도서출판 서정시학
인 쇄 소 · ㈜ 상지사
주 소 · 서울시 서초구 서초중앙로 18, 504호 (서초쌍용플래티넘)
전 화 · 02-928-7016
팩 스 · 02-922-7017
이 메 일 · lyricpoetics@gmail.com
출판등록 · 209-91-66271

ISBN 979-11-92580-47-0 03810

계좌번호: 국민 070101-04-072847 최단아(서정시학)
값 15,000원

  * 잘못된 책은 바꾸어 드립니다.